歌集

かやつり草

原秀子

青磁社

かやつり草＊目次

I

II

原秀子歌集

かやつり草

I

かやつり草

いつの間にかやつり草も黄葉《もみ》づれば風抜ける野に草のかや吊る

掌に鋭き力を残しゆくとんがり飛蝗よもう草になれ

町遠き山の中なる日和には　小菊の匂ひ満ちてゐたりき

店先に並び初むれどまだまだと柿に言ひたりじつくり美味うなれ

朝床に目覚めてをればじゆるじゆるじゆる雀らがをかし揃ひ鳴き出す

かやつり草摘みてかや吊る秋の日はもうこんなに短くなつてゐて

青　虫

前進するためにくいと力を引いてゐる長い体のひとつ青虫

籠り居の体は寒い重ね着の長い袖口折り曲げながら

乾きゐし鉢のいくつかに液肥与ふなま汗出づること無くなりし今日

忘れゐし夜汽車なることば思ひ出づこの沿線には闇の夜ある

あご竹輪互みにち切り合ひにつつ会を終へし後なる時間

凭れくる隣席の娘の頭ちひさかり若さといふのはこんなに消費されて

鳩

前栽のやうな松茸山ありし野殿からにこにこ千代子さん現はる

癌に死ぬと思ひゐし人秋の空明るき交差路にて事故死せりけり

「あの人はそんな考へ持たぬ人」自死かと呟くわが声を抑へて

感冒ながびきとさか様になり果てし髪切りにゆく掛け声かけて

心配をかけぬ子よと言はれゐて損をせし親子にてありける

ハイパーヨーヨー探して出づる駅前広場ビル群作る冬の空あり

今年つひに訪はずに過ぎし亡姑の顔てのひらサイズの写真の結ひ髪

屋根瓦低く崩れし家のあと幻のやうに白い家建つ

仮設住宅なくなる広さ公園の碍子の上の鳩ら尾羽吹かれゐて

部屋着

朝からの本降りの雨金泥の神農さまの腰低く滴る

浪速なる薬屋並ぶ道修町ビルの間に薬師の神います

薬師の神は神農さまとぞ古つ代の少彦名命をぞまつる

僅かなる毒は薬になる効き目　角の薬屋に見てゐるさそり

この角は硝子会社のビルディング　ガラスの中にガラスは立てり

写真帖

四隅ながら壊れゐる箱ゆ取り出だす昔の写真が要ると言はれて

五十年前の写真は枯落葉干反《ひぞ》るひとひら掌の上に

この町には一つしかなかつた写真館へ一人遊びゆ起こされゆきし

古い写真を見れば思ひ出す梅柄の褄ふつくりふくれゐしこと

影桜なる紋所縫ひ取りの糸目の文様ひかりかげりて

白黒の写真貼られゐし写真帖どれもどれも黒い台紙に

大きい硝子戸

乾谷先生の猫背に従きゆき無口なりき猫は嫌ひとひとこと言ひて

五十年ぶりに相会ふやぶ椿竹藪の端ほつと明るし

声あげて丸太を運びしならむ川瘦せてゐるを見ながら溯りゆく

茶畑を上つたところ山寺の馬場あり駆け馬ありしは夏だつたのか

鳥居館は神社前の旅館にて宿泊客なき現在を言ひをり

そつくりの婆さん二人がいつもゐた森井商店の大きい硝子戸

本ノート待針もありしこの店の大きい硝子戸辷りよかりし

俯きゆくひとり

「たのむぞよ」言はずに逝きし母の墓背高椿を見上げて立てり

浚渫の終りし広川光る水押しくる冬鳥の七、八羽あり

気まぐれな一羽を見てをり広川の流れのままに流されゆきぬ

なに思ふ人にかあらむ川向かうの細道俯きゆくひとりあり

大徳寺納豆一粒溶け残る落雁雪をふふむやうに口中へ

やす子さん

置き行きし息子のセーターを部屋着とす　くるりくるり袖口を折りて

稲を食ふ虫が虫の皇とは　アメリカからの『乳草』評が届く

Locust からいなご飛蝗になる過程　日本離れて四十年過ぎて

風蘭は蜘蛛蘭とどう違ふさう言へばやす子さんは農学部卒

漢和辞典引きつつ読むといふ『乳草』ははつかに残る日本をつなぎて

思ひ思ひに伸びる電線　出来るものなら冬空ひと思ひに搦め捕ってみよ

入りつ日に遠山むらさきに染まる頃ほうと声あり立つ影法師

白梅

旧暦の正月祝ふ亡父の家ずーずー弁は背を撫でくる

目交を飛ぶ虫の影　かげになりひなたになりて来てゐるよ老い

泡立てて石鹼遊びをした木の実　椋かむくろじか判らず今も

ひたすらに遊びし木の下　ただに見てただに触りてただ経しのみに

ゆふやみのごとき男の病床に亡父の白梅一枝さげゆく

母さんのゐた病室はどこだつた触れたくないのに冬が問ひくる

歌を書き歌書きながら年重ねいづれ劣らぬこんじよ魂なる

鵯

この家は静かな留守だと鵯《ひよ》が来てしつかり育てた蕾を食へり

山、川は日に三遍の合言葉じやうごの先の明かりに向かつて

だんだんにさういふ風が吹いて来て成つた事なりわが力ならず

「もういいよ」黒い口腔ゆ落つるが見ゆ春先三度目の手術を受けて

足の便わろし毛馬むら春風の堤長うあれば堤に息ふ

逆光の空巡ること二、三遍渡り鳥去に窓辺明るむ

羽虫のやぅな雨

海底の對馬丸なる文字見ゆる右書きの字があんなに小さく

カーバイトのあかりのやうな哀しみや痩せし面上げ大股に来る

しつかりと眠るねむりを見つめをり黄のカーテンのさがる小部屋に

信濃町の広き通りの明るさは思ひ出のやうに人を待ちをり

低き声に大き数珠玉たぐりながら死者も生者も渾然として

沿線の林檎の花を眺めつつ聞くともなく聞く声の抑揚

ぽつねんと「狼森」ゆきのバス一台弘前駅前人通りなし

北国のいかなる風の合ふところ風合瀬の谷をしきり絮とぶ

音と絶ゆる水仕のまのまの訛り声「鯵ケ沢」いま羽虫のやうな雨

歌ひゐし「八森はたはたはた」亡母の声白いこどものゐるはどの森

栗の花

つゆ晴れの空いつしんに見上げたい蔦の頭つんつんてんごしてゆく

羽虫のやうな雨降りながら北国の道はさびしい続きゐるのも

七ッ森しらかみ白いこどもの隠れゐる森は八森の海に続きて

座敷の奥に溜まる人らの低い声数珠擦る音を吸ひ込みこの家

咲き垂るるといふのでもない栗の花かすかな朝の風に揺れゐる

京都二中栗花落《つゆり》先生の源氏物語五十四帖のカードを言へり

栗の花ほとり落ちくる感触の残れる指にキー打ち始む

草木のいきれ

種種の草根木皮ねむりゐる元治堂店内のほのけき香り

くいくいと身体の外側から痩せてゆく嗅覚とみに鋭くなりて

煎じ薬摘みゐし野山は身近にて忘れてゐたやうな草木のいきれ

日の当たる山のなだりに摘みをりき小花よかりしせんぶり、げんのしようこは

さう言へば泣き声知らぬみどりごを蛍のやうに思ひてゐたり

出入りはそつと静かに漢方薬店の壁面埋めてある小抽出し

長い柄の匙に輪を描き掬ひ上ぐる気合もいつしよにくさぐさの粉

時計草

ほの白く時計草うく日暮れどき運動靴けり来るわたしのこども

花菖蒲照らすあかりの逸れてゐる木道くれば黒き蓮池

否応なく二人の暮しに及びくる学校抜け出る三人の少女よ

細き雨強くなるころ根岸庵へ奈良岡朋子の律女観にゆく

丈低き鶏頭育ちてかのひよこ中鶏になりをり七月過ぎて

誰もゐぬ居間のソファーに月光は涼しき裸身いつか入りをり

II

夕　顔

物語の夕顔よりもあいまいな記憶のなかなる夕顔の花

いちじくさんとよびゐる社の黒い森　木は集まりてけものの匂ひ

寺への道のり遠くなりたるこの頃は藤袴のひと茎思ひながらに

地味な蝶ふぢばかまには似合ふなどとりとめなきこと思ふ楽しく

あいすくりーむ六つ食べたるひと夜さり　夫が居らねば誰も居ない

雨季孕む朝からの空を眺めゐるしら樫細く身震ひをせり

藪蘭

掌ほどの畠に藪蘭の花穂立ちほつほつと笑ふ「この怠けもの」

川をわたり泳ぎ疲れし細脛をさはりにくるよ野の曼珠沙華

誘かれてゆきし母なる赤い鳥居ひしひし続く道にありけり

銀杏を踏みながら来しは古地図展あれから小さな時は過ぎゆき

山を背の市民病院の中庭にどんぐり拾ふ病衣の人ひと

野いばら

待兼山古き樹木の運ぶ風病衣の人らに紛れ吹かるる

気が付けば軟骨生えゐて気が付けばしこり出来ゐて老年といふ

一目掬ひ一目掬ひて縫ひゆけりわが死の後は誰かの膝の上

小さすぎ紛れ易かり金の針一日使ひて疲れてしまふ

野いばらの棘のやうなる小さい針しきりに誘ふ魔がときがある

朝からの雨上がりたる町筋をちきちきざんざん祭りの音来る

寄生木

辻ごとに立ち止まる山車見上ぐればああんなにもややこしい電線

萩南天いくつかの寄生木育みながら大銀杏己が葉細かく茂らす

止す止さぬ現れ消ゆる夢占に花びらほどの手ざはりもなし

村人の炊きし精進飯べたつくを紅生姜薄き幾切れかもて食ふ

さね葛

父生れしこの曲屋に男なくすがるをとめの姪二人なる

曲屋の馬やに馬ゐず若き父の送りしとふ農機具積まれゐる

父の声に聞きし南部鼻曲がり水豊かなる父のふるさと

おてんと様おてんと様とぞ伸び立てり宅地の中なる空地の薄

紅の実熟れて垂るるさね葛　いづれ一人が一人を支へねばならない

万年青

甘露門は通れない門　大寺のただの広場をよぎりてゆきぬ

いつからかさ庭に根付く万年青《おもと》にて太き葉ながら少しいぢけて

竹箒触れたるのみにほつり落つ握りこぶしほどの空の蜂の巣

あを墨の雲引きながら北摂の低き山山草書がきなる

からす瓜

からす瓜色づき初むる幾十余り手触れ見上ぐる今日のしあはせ

板屋根の上ありく雀の足のおと冬の日差し貰ひ笑ひせり

生け垣の根方出で入る小鳥かげ　象形文字を作りし人はも

今はもう誰も拵へぬちうや帯さ綾小紋を継ぎ接ぎ縫ひぬ

つつましく器用にてありし頃の人針目揃へる継ぎ接ぎなせり

山裾をカーブしてくる電車より速く過ぎゆく白く時雨は

鶺鴒

目を細め見る癖の児はつひにダルメシアンのやうに眼鏡を掛けて

苦しくて暑くて嫌ひ釦かけるのは学校ゆ帰りきて児はとろり致せり

やはらかく髪長きちびつこがきやうだいのうち底意地強し

ビルの間の広き駐車場に今日も来てひつくひつく叩くひとつ鶺鴒《せきれい》

偏在のひろらに迷ふ口中にほろり涼しきバイオの豆腐

本のなか残れる虹の抜け殻に見当たらぬ爪探すともなく

尉鶲

日の当たる枯芝の上生きてゐる樹よりも強し削がれたつ影

ポケット手の人がすたすた追ひつきて過ぎてゆきけり紫の媪

ふはふはと身はかしぎをり山あひに浮村見ゆる旅のつかの間

息ととのへ歌ひくださるこゑの辺にひとかげどりの尉鶲《じょうびたき》くる

鉛筆を鳴らせて書きし十三歳のテストに白鳥の「かなし」を問はれて

昼ま見しをかしげな夢をかしげな夢のさなかの流行り感冒病む

はるばると黄砂くる日のうす曇り日常の街ふと浮上せり

千住大橋わたる二月の風強くあはれ泪目ふたりながらに

金露梅

咲くといふ感じではなくひらきをり見飽かぬものの一つ金露梅の花は

やはらかくアルマーニ着る息子と並び立つひよろりつつましくその父

何ひとつ考へゐぬと責むる若さ　若さはただ過ぎに過ぐるもの

口をだすことではないが口をだすこどもはひとりで十分と言ひ

子の二人ゐるかなしみは声にならず子なきを嘆く人に伝へて

はるこがね

かなしみはひそやけき糧　はるこがね咲く塀ぞひの道をしひとり

さみどりの蕗の薹食む地下二階眠りに入りしものら隣に

長い長い百人番所の屋根瓦朝のひかりに濡るるごとかり

桃色の市街地図の上のぼりゆく指の腹冷ゆる神呪寺まで

桜山さくらの花にひつそりとみひらく目はあり人の目を欲る

桜山

花の向かう遠くかすみて老い人の膚のやうな大阪の海

学校が少しをかしいさまざまを聞きをり金属疲労といふを思ひて

はなびらのこぼれ初めたる桜山　風引きながら空車過ぐ

もたれつつ小窓に聞きゐる夜の雨もつとも近きひとに疲れて

棟

やはらかき山の新葉は花のやう言ひつつ来れば棟《あふち》はな咲く

車過ぎ人ら過ぎゆき山のあひ水皺切りくる小さき水鳥

布売りしひとの伝説残る売布わが晩年を住みたかりけり

耳隠し耳なし芳一みみなぐさ耳言あはれ耳なき雛

みもろなる斎槻《いつき》が下の赤玉子白玉子を呑まむ月光

未生に逝きし子ら遊ぶ影ふり仰ぐ未をさやさや風のさやげり

さつまいもの蔓

誰がもとへ通ふみ山の切り通し風になりゆくいのちさびしき

黄砂降る町なかをゆく人の群れ　はめ絵のごとき日常失せて

水の中にあを穹ありて人ありて翅よりうすくみどりご笑ふ

慎ましかつた暮しのごとく水張田の畝に生き生きさつまいもの蔓

切つ先の鋭きゆゑに仕舞ひ置きし小さき鋏を使ふと決めて

五月晴れ台場公園遊歩道包帯様なる白い服来る

雛

もののふの八十憂し川の駅前におのれの自転車取り出しかねゐつ

あまざかる雛一対やうやく飾りこぼるるくろ酒しろ酒嘗めゐつ

なるかみの携帯電話鳴り出づれ　衛星しろく燃え尽きるとき

雨過ぎし有明埠頭あさもよし生麻孕ませ海風と来る

沢蟹の砂擦る音によ例ふればうちひさすホールに響くチェンバロ

しろたへの鈴木その子病み上がりにて立ちあがるときうち顔ほれぬ

月見草

昼を眠り夜を眠りすでに処暑　身体の丈を咲く月見草

強欲なわれではないが生きてゐるだけではさみしく短歌を作る

鰻食はせ洗濯物をも片づけて帰り来てむしやうに腹立ちてくる

腹立ちて腹立ち紛れに読む短歌のしらべの強さに腹立ち忘れる

水鳥

鶏を呼びゐし声もて呼びたれば水鳥一羽突き進みくる

山の日の早く傾く牧場に老いにし驢馬は短き首振る

日曜の朝にパズルの手初めに「ヒノマルキミガヨ」埋む八ます

子の名前言はむをりをり弟の名前出でくる時のかなしさ

Ⅲ

啄木鳥

北といふ言葉の底ひに安らへりひとときなれど眼を閉ぢて

誰か呼ぶこゑに振り向くなか空を鋭く落ちくる竹の乾き葉

細き首支へ話しをらむ夫の声　声の老いしをもつともかなしむ

会計監査半日話して戴き来し夫の報酬多くはあらず

はは逝きて五十年なる法事せる席に蚕豆のやうなり子の子ら坐りて

啄木鳥が家をたたくよ啄木鳥の来る家にはもう霜ふるといふ

対の狐

妹弟に生れしかなしみ溢れゐる指先垂らしすべなかりけり

カニューレをさし入れひたすら眠る眠りあはれまことの安寝に見えて

九十年生きてまだ一つ残りゐる死ぬる懸命を義姉に見てをり

昏睡ゆさめて「みづ」とぞ言ひにけり原始ての水欲しがるやうに

もの言へずなりたる人の開く目に見つめられゐて逃げ出したくなる

少年の追ひゐし蝶を飲み込んで対の狐は祀られゐたり

宇宙メダカ

画家の絵はあまりに高く砂乾き吸はるる陰影のポスターを一枚

南瓜四分ミルク半熟卵一分三十秒火を使はぬキッチンに秋たけにけり

さう言へば火を使はないキッチンの荒神さま煤ほけなさらぬ

火を焚きゐし媚やかをみなしんしんと見えぬ火をおそる千年紀とふ

宇宙メダカ五世三匹ゆきもどり藻より現はるその体うすくれなゐ

うすく開く唇があらはれ手があらはれわが前髪を直してゆけり

もはや自然なる域　痩せ痩せの身より野太きこゑ返りくる

嘴に見ゆる鼻より酸素を吸ひ眠る眠りもすでに百日を越ゆ

しろがねに光る携帯電話の精緻さよ　おにゃんまの精緻さといづれ

木の話せぬ植木屋さんの話し好き緘にするより致しかたなし

泥鰌

飼育され泥うすくなりし水槽の泥鰌の尾びれ動くともなし

泥動き泥鰌が動き地が動き春はおどろのどろどろ泥霊

生れたてのやうな夕日が滑り込む長き校舎の影ふかくなり

海ぞひの母のふる里さびさびと線路の犬釘取り替へられをり

真鯉

冬空に放り出し置きし古株は水滴つけて花芽かかぐる

川岸に釣り糸垂れゐる武庫川のまなか静かに真鯉群れをり

バケットは渇ける人の手の馬穴　ウラン汲みし馬穴　極楽馬穴

アメリカンキルト

過ぎゆける時をひと針ひと針縫ひつなぎアメリカンキルトの古き帆船

鳥が池、丘すでになし　この町の手の窪のやうな小学校みゆ

わけわからず意識薄れゆく児の目に映り乱れてあらむ冬のジャングルジム

浅春のこころ疲れてみる夢は雪しきり降るきのふも今日も

眠らない一昼夜過ぎて終るころ私は間違ふきつと間違ふ

間違つた方が楽だといふこゑが低き空からしきり聞こえ来

悲田梅

夕暮れを手毬唄うたふつまづきは七つ目にして逸れてゆきたり

喪の家に雪降り積もりきさらぎの時の深さのやうな青空

雪の道上つたところの明るさに悲田《ひでん》梅あり蕾ふくらむ

石工住む町を聞きをり　丹念にさざれ石積みし悠き道みゆ

エンデバーゆ写さるる近畿上空に指紋のごとき白き雲みゆ

ゆたかなる黒髪なりしを花びらのごとき骨片となりて戻り来

花びらのやうな骨片見てゐしがこの世の春に粉れ入りゆく

一人居の背後にみしり音のして壁面の絵の花白くひらけり

母から姉へ姉から弟へ譲られ来し黒衣の人形　帯の失せにき

墓に来て父母在すとも思ほへず赤い椿を見上げて帰る

冬用のパッチの足がからまつて朝の洗濯物ややこしくする

バラード入江

波ひかるバラード入江はすでに初夏　船賃二ドルの小船に渡る

「走れるか」「走れる」言ひ合う二人旅初めての空港だけれど二人ゐるから

十時間の飛行機の椅子きつ過ぎてどこまでいつても昼の嘘つき

頭からそれとも足から　われの老いそのどちらからもそよりきてゐる

いつまでも旅の残滓から抜けられず雲の裏側ゆききしてゐる

旅の疲れゆつくり現れてなんにもない石の床にことり膝つく

白い花

朝風に匂ふジャスミン白い花ぬばたまの夜深く匂へり

傷の見えぬ痛みの深さ山登りの杖を探せりうす暗がりに

古代米五勺を入れて炊き上げる黒つややかなり斎ひの飯は

月ヶ瀬の刀自ゆ賜ひし古代米　月かげのごときむらさき

貝殻を水はしる音する耳の奥　クラクションはとほく乾きて

はまゆふ

和やかに箸とりながら梅肉の酸ゆさもて聞く「老い二人暮らす難しさ」

低い空に欠け月出でてひつそりと白いはまゆふの息反り返る

谷川の水の流れ照り返し木々の間を踊るものたち

朝明けの東へはしる低き雲短き足を垂らしながらに

街の音遠く退き朝明けの低き空より雨降りてくる

日ごと来る番の鶫の雄か雌か細身しきりに羽づくろひする

大方には見えぬものら視ゆる年齢　誇りて言へることにもあらず

人ひとり通れる道はゆめのみち処暑の日なかを子の子を連れて

はがきの木

膝痛み立てぬわが手に賜りぬ　緑つややかなり「はがきの木」のはがきは

わが知らぬつる草の道も能く識つてゐる夫に従きゆく永くかうして

夜ふけ溢るる水に挿しておく　はがきの葉裏の文字育つと聞けば

みどり濃くなりゆく日暮れのやさしさに淡き風呂敷にもの包みをり

一筋の流れの匂ひによりてくる銀やんま・たては・蛙子・人間

弱りゐる人は居らぬか羽音収めまばたきせぬ眼が窓のぞき込む

風船かづら

総国民ＩＴ使ふそんなこと風船かづらは風に吹かれて

遅く生まれさびしい人よ背を向けて歌作りゐるわれを喜ぶ

花の吉野月のさらしな分去れの道をはるかに旅せし人はも

信濃追分

歯痛地蔵尊モジリアニの女にて信濃追分さびしさに逢ふ

油屋へのつまさき上がりの土の道ひと誘ひ込む静かな力

いつかの日の教室ほどに空いてゐる帰路の電車にひかりを避けて

耳　環

ハッピーリタイアほど遠ければ日銭ありがたく九菜弁当を毎日作る

木の家に寝ぬる気安さ　十五夜に三日足りない月を見ながら

とぎれとぎれの幾つもの夢に現れて仄光るなり失くしし耳環は

朝から晴れ上がる日なかといふに昨夜の雨からだのめぐり離れずにあり

鉛筆を挟むノートの手触りにひとつの記憶確かめてをり

帰るべきふるさとあらぬ二人ながら山へ帰らうと言ふ声に振り向く

Ⅳ

伊那谷

伊那谷へぐるり回つて月かげの町おこしとふエルフらの群れ

夕食の駝鳥の肉を言ひながら伊那谷の月の下ゆく

ときならぬ眠りののちの覚め際の色の無い空間のさびしさを知る

先端の蕾ふくらみくるかのこ百合に少しの砂糖水飲ませ励ます

先生の青いペン字の強さ変りなき九月の文字の「様」撥ねてをり

「このこなきあるきするの」人物の動かぬ夢のなか明瞭に聞こえ

枳殻

昼近くなほ露ひかる草ぐさにひと休みせり佐紀路来たりて

枳殻なる名をなつかしみ法華寺の冬枯るる長き生垣に沿ふ

冬晴れのみ空の奥処に在るごとく大屋根しづかに法華寺はあり

唇あかきみ仏います法華寺の空つき抜けて冬日明るし

耳たぶの柔らかさを言ふ誰も誰も唇の柔らかさを言はず

緑の守宮

悔いありしを聞かされてゐる昼下がりの声柔らかければ懐かしみゐるごとし

花や木にものを言ふのは当り前　見えぬものらにこの頃はもの言ふ

予定の六日を八日と言ひ張るこんなところから崩れ始める脳のしくみは

合鍵屋は靴修理屋にて足元のマッサージ機に足裏揉まれる

ゆくあてのなければ心斎橋ハンズまで来て淡い緑の守宮《やもり》を探す

緑色のミニチュアのやもり

蠟梅

居眠りして遅れしことあればいまひとつ購ふことにする目覚まし時計

私の言葉をきつと使ひたい思ひなかつたな私の歌には

古き樹皮ほろりこぼれて梅一輪一輪ほどの寒さ残れり

黒光るオートバイ用カーワックス日焼けせし鉄扉にかけて励ます

蠟梅は若木にかぎるとろとろと酔ふ口が言ふわが口ならず

立雛

久びさに取り出す立雛胸張つてがんばつてゐるむかし作りし

いつのまにか脈をみてゐる抜け目なき指意外にも端正ならず

人の往来なかりし家の西つ方　西日のなかに飼はるる家禽

伊吹山

湖に来て湖の向かうの山山を見てをりいづれの名前も知らず

なだらかな山の向かうにずんと在る白いかたまりの伊吹山と人言ふ

伊吹のはな伊吹の月ともに未だ知らぬ似た年格好の口口が言ふ

梅だより

あれだけのヨットはどこかへ行つてしまひ湖は湖だけとなる歌会終りて

夕刊に遅速見てゐる梅だより　野道の梅を探すともなく

白梅紅梅高く咲き出す角の家シートの屋根に過ぎし歳月

黄砂来る日の重たさにたゆたひて流れも敢へぬ春の水あり

春深くふらんす堂文庫ゆ掬ひとる天蚕糸のやうな山蟻のあし

春くれて残りのはなびら漂へばなか空に小さきものの魂みゆ

如意輪堂へ上つて下つて上りゆく狭き道なり花への道は

「鬼と言へど出たては美味い」採りたてのゼンマイ見せて言ふ吉野山人

昼月

骨髄ゆ抜け出たやうな春の雲途切るるあたり欠けし昼月

眠るために呑む安定剤はもう止めむ　眠れる夜は必ずくるから

膝関節しゆるしゆる鳴るを聞きをれば身体の内なる線香花火

不用品拾ひ来しとふ弦の音われの眠りへ誘ひくるるは

止めたつもりのスイッチに出づる声ありて「癒し」を繰り返す

波子

六郎展ミュージアムなる人込みに絵に紛れ込みくたくたになる

懇ろに死者の墨書を選り分くる生きてゐるわれは手袋をして

銀三郎温恭なる祖父に賜はりし挽歌の作者ともどもに死者

老い初めし夫に従きゆく旅のみち枝葉を覆ひ栗の花咲く

温度差に強き石州瓦赤く光る石見の村むら家並み明るし

とぎれとぎれに海見ゆるころ無人駅「波子」あり小さく透ける海見ゆ

糠雨

第六感鍛へるほかなし　ゆきずりの敵意むやみに増ゆるはなにゆゑ

「うちの子らに六感はない」　わが子が言へりさうかも知れぬ

糠雨のいつしか止みゐる塀際に今年も咲きたつどくだみの花

風通る欅並木をゆきながら樟の木のやうな一人を思ふ

滴

「家刀自四十六年」歩み止め言ひ出す友と木陰に笑へり

夜空ゆく猫背のモノレールだいだいいろ灯しゆつくり曲がりゆきたり

滴のやうな子ども二人を育くみしこと怡びしこといづれも滴

白い服まだらに染めて着せられゐしわれらに今様の迷彩柄は

金平糖

音たてて鳥が墜ちた日　星のない夜はすばやく垂直にくる

犬走りになにかもののゐる気配この頃忘れゐた夜さりの気配

静かなる雨に濡れゐる大淀川　あとひと括りの事済まさなければ

金平糖の角の触覚感じながら寺田寅彦の名を聞いてをり

虹

足元に太くたつ虹水煙の動きにつれてたは易く切れ

紅の弧の途切れゆくさま飴細工師の手元のやうに見つめてをりぬ

夢にさへ父はもう来ず「さう」と言ふこゑはわが夫下着姿の

「純一郎のソフト路線に似てあなた支持され易し」野茨が言ふ

捕りたての烏賊のやうに照りはじめ東の雲あかきむらさき

上新田

竹群に雨降りてゐし上新田思へば良きものを捨てて来しかな

転居の度にスモモ苗から育てゐきこれはいつたいなにかいつたい

忘れゐて忘れ得ざりし水浅葱わが名と同じ文字持てるひと

液晶にうつるＤＮＡ捩花の咲きのぼりゆく静けさもちて

思ひつきり口開けられなくなり思ひつきり足開けなくなる老いといふこと

逆立ちをしなくなつた頃は出来なくなつた頃あれはいつ頃夕顔咲きゐし

人はみなＤＮＡに操られゐるとし聞けばなにをか憎まむ

蓬の花

兎川たどれば暗渠の交差路に「みぎ九十九谷へ」道しるべなるべし

町のなか細く流るる兎川どこで逢つてゐるのか天竺川よ

秋深み茂る蓬の花咲けり町なか細く流るる岸べ

人けなき真昼の通り振り向けり桜落葉の大き音して

小鳥飼ふ

私らしく歩ける靴のひとつだけ紐切れさうな短いブーツ

兄の家に姉も来てゐて井戸埋めし部屋にまづしき顔を寄せ合ふ

匁にて肉買ひしこと血を飲みしこと病弱なりにし姉は真中に

嫁がぬ姪娶らざる甥ひとりづつ　なにか羨しく思ひはじめて

床の上のゴミ拾はむと手応へのなき月光を拾ひてゐたり

核家族の一人が病めばたちまちに傾ぐ危ふさに小鳥飼ひをり

「たましひの抜けゆく私」を描く女の子白い小鳥とともに預かる

冬の日はおのれ労り画家の描く野の道の花見にゆく旅する

画仙紙

山野草描かれし画仙紙くるくると巻かれゐしならむ筋目いくつも

歯の一本抜けしまま来て逆光の席に坐りぬ黒い服着て

冬の日は短歌立つからに置く余白　手綱のごときかなのふくらみ

「切符を下さい」死者の声聞こえくる短歌誌塔の変な空間

嚔して立ち返りたるうつしみは電気毛布の温度上げゐる

捨て捨ててひと間の家に暮すといふ賢き友のその夫賢きや否や

島熊山

十三階建てたき側とならぬ側「ひとりか越ゆらむ」島熊山に

死者の名前TVに流れて立ち上がる職場共にせし豊中のひと

なにの用かありし神戸に死にしこと七年を過ぎ忘れてゆかむ

死は不思議生はもつと不思議にて死ぬ兄に会ふために美容院へ行く

遠野

はるかなる遠野《とほの》の空へ吸はれゆく兄をおもへり遠野駅員の

長男ゆゑ家をつくれと遣られゐし遠野に兄の拾ひゐし米粒

米粒を拾ひゐし兄のものがたり遠野物語のひとみなまづしい

爪をかむ子供の頃の兄の癖おもひ出しながら見てゐる深爪

V

しゅうくりーむ

米を作らず豆を作らず二人老いみづつぽい夕食早く済ませる

胸に置く腕みつしり疲れをり四角い水を抱き帰り来

三人の子どもの揃ふ火曜日を休日と決めその母座る

卒業式の「君が代」変だねしゅうくりーむ吸ひながら言ふ十五歳らは

とろりんこ最後に出でゆく十五歳脱皮のやうにパジャマ残して

＊

たつたひとつピアノ弾くために十五歳ロシアへひとり旅立ちゆけり

谷の戸の木に花が咲き花粉症浮腫うくひとり浮かぬ顔見す

夕暮れを溶けゆくやうに咲く楝《あふち》なほざりごとめくうすむらさき

スナビキサウ

空と海会ひ合ふところの白い舟書き損じのやうなる白きひと筋

渡り来た蝶せはしげに飛ぶ浜にスナビキサウの小花膝に触れくる

静かなる人の見てゐたレンズには磯釣りの男大きく見ゆる

ポーポーの花

ポーポーにポーポー実りかぐはしき歳月過ぎゆきポーポーの花
祀りゐる韋駄天とぞ言ふ見上げても見上げても黒きみほとけ

暮れ落ちてみしり息吐く木の家の呼吸に合はせ暮らす日日

朝夕の身近な木の家　紅梅の枝に渡してわが襯衣を干す

夏　草

竹一本どつしり飾る魂まつり赤いらふそく赤い提灯

日のさかり夫を待ちをり高岡に家持の歌思ひいだせず

大屋根の覆はれてをり工事場の囲ひの隙より見ゆる夏草

なめらかに刻ながれゆく　音もなく葉をめぐりゐる足長蜂

冷蔵庫の食べ物なくなり絶食す終戦の日のわれを立たせて

先生の幾人か泣かれゐしを帰り来し家の父母に涙なかりき

駅前の家持の像かたまりのごと見て過ぎゆけり八月日盛り

あかまんま

「どのくらい仕事したのかしらん」伏木に来て家持思ふらしき夫の呟く

あかまんま赤の他人の二人にて夫婦と呼ばれゐるこのやじろべゑ

病む汗の匂ひも知らず眠り込み昼の目覚めの決まらぬ目もと

鮎

たそがれの蛍の匂ひかはたれのカーバイトの匂ひ逝かしめし夏

カーバイト灯して鮎の網上げに父に従きゆく大小の影

カーバイトの明かりのなかを匂ひゐき鮎の腹しろくぬめり抜く指

父母の指の器用さ　携帯のボタンなめらかに押す器用さは

をがぶりつこ

をがぶりつこ頰ばりし日もはるか　母の訛りの残る歌声

海を背に牡蠣売るふたりの人の顔青い合羽が小さく座る

地上地下備蓄されゐる石油基地港の船みな小さく見ゆる

船越仏戸村

いくたびか聞きゐし船越仏戸村稲田のなかの家家あかるし

見はるかす稲田実れる母が里白き細道稲穂に触れて

青田には青い風吹き蛇よぎり振り向くひまに居ないちちはは

「野の花美術館」

盛岡駅舎建てし齋藤万太郎その妹こはしわが祖母

駅舎建て残る煉瓦に建てし蔵田畑のなかに狂ひなく立つ

斉万の駅舎の壁面残されゐる雪の盛岡駅舎夫と見上ぐる

いつ知らず手の届かない人のあとつき来れば母が古里父が古里

今の雪米の味にひびくと言ふ兼業農家になりゐても従兄弟は

十万人目と言はれ囲まれて記念品いただく「野の花美術館」に

二十時のバスはがら空きゆつくりと拾ひてくるる小さき灯りに

夜の灯の乏しき町にひとり待つ木の長椅子に浅く坐りて

零余子

零余子《むかご》の一列垂るる空のあを　むかしのひとの窓辺きり取り

あなた住む町を見上ぐる　烏瓜零余子大銀杏鱗の瓦

病む夫を見舞ひて帰り転ぶ人「むちやくちや」とぞ言ふ老いに対へり

あとがき

歌集『乳草』を出しましてから二十年に近い歳月が過ぎてしまいました。その間に、河野裕子先生がみまかられ、私の家族、環境もすっかり変ってしまいました。ふと『乳草』を手にとって開いてみますと、先生のご指導をいただいた当時のことがつぎつぎと思い出されました。それで、その後の「塔」誌をもう一度読み直しました。裕子先生のお言葉の力の強さ、やさしさ、私は息を吹き返しました。本当に、河野裕子先生に押していただき成りましたのがこの歌集です。青磁社の永田淳様にお願いして、歌集『かやつり草』として編集していただきました。永田淳様には一方ならぬご尽力をいただき、心から感謝申し上げます。ありがとうございました。

二〇一六年四月

原　秀子

塔21世紀叢書第289篇

歌集　かやつり草

初版発行日　二〇一六年七月十五日
著　者　原　秀子
京都市中京区蟷螂山町四七九ルネ人ピース一二〇五
（〒六〇四—八二二五）
定　価　二五〇〇円
発行者　永田　淳
発行所　青磁社
京都市北区上賀茂豊田町四〇—一（〒六〇三—八〇四五）
電話　〇七五—七〇五—二八三八
振替　〇〇九四〇—二—一二四二一四
http://www3.osk.3web.ne.jp/˜seijisya/
装　幀　仁井谷伴子
印刷・製本　創栄図書印刷

ISBN978-4-86198-344-3 C0092 ¥2500E